短歌スコアよ名歌を選べ

家坂利清

土曜美術社出版販売

短歌スコアよ　名歌を選べ

目次

短歌スコアよ　名歌を選べ

はじめに

短歌に興味をもってから五十年余の歳月がながれた（筆者は現在七十四歳）。その間に多くの素晴しい作品に巡りあい、短歌は筆者の人生を彩（いろど）り豊かなものにしてくれた。仕事の合間に、好きな短歌を口遊（くちず）さんでいた思い出がある。

その一方、短歌を学ぶ過程で、「鑑賞」の大切さを知らされることにもなった。この本では、「鑑賞」を中心に短歌を考えてみる。

短歌の世界には、専門結社に所属しながら作歌を生業（なりわい）にする人と、あくまで趣味で短歌を作る人がいる。その定義は厳密には難しいのだろうが、ここでは便宜上、前者をプロ、後者をアマとしておく。

筆者の短歌歴は長いものの、結社に属して勉強したことはないから、どうみてもアマの立場になりそうだ。ちなみに、現在は「高野公彦（たかのきみひこ）短歌教室」で勉強している。

「名歌鑑賞」という趣旨の本は店頭でよく見受けられる。全てがプロの講評であり、アマの感想を主体とした資料は見当らなかった。「名歌かどうかの判定はプロに任せればよい」、それが大方のアマの本音に違いない。

しかしながら、プロとアマでは作品の解釈が異なることがある。アマの立場から優れた作品と感じても、プロの批評はしばしば辛辣（しんらつ）だったりする。そのため、全ての判断をプロに任せると、歌の評価が偏（かたよ）る可能性がある。本来、筆者を含めて、歌を詠む人の多くはアマなのだから、アマの声を反映する本がもっとあってもよいと思う。

本書は、筆者の考案した短歌スコア五項目で六十一首の短歌を分析したものである。その結果、短歌スコアは従来の歌の評価を変えることになった。

短歌の評価にこのスコアを用いることで、プロ任せの「名歌鑑賞」と一味違ったものになったと自認している。

短歌スコア

1―2―2―0―1、この数値は何を意味するのだろう。実は、短歌スコアの表現方法であり、本例では総計6点となる。

短歌スコアは次の五項目（新鮮さ、分りやすさ、深さ、歌い出しの魅力、訂正すべき箇所があるか）からなりたち、最終的な点数は各項目の点数の総和となる。各項目の満点は2点であり、全て満点の場合、短歌スコアは10点となる。

採点してから一ヶ月おいて再び採点し、二回目を正式なスコアとしてとりあげた。二回の採点で数値が変わることはほとんどなかった。

1　新鮮さ

「新鮮さ」とは、他に類例がない、あるいはあっても少ないことをいう。

全く特殊な作品ならいざしらず、どんな優れた短歌でもその後に似た歌が次々と発表されれば読者の感動はうすれてしまう。最初の作者の責任ではないにしても、類型歌がつづく場合は印象がよくない。

これについて筆者が思うところ、作りやすい内容の歌があるのではないか。石川啄木（いしかわたくぼく）の作品に一例を求めよう。

啄木の北海道時代の作品には優れた短歌が多いといわれている。

神のごと／遠く姿をあらはせる／阿寒の山の雪のあけぼの

＊ 啄木の短歌は三行書きのため／で改行

雄大な自然の風景をとりあげた良作と思う。しかし、山、雪、あけぼのの語句をいれて作歌することは、割とたやすいと筆者は考えている。おのおの言葉が明確なイメージを伴っているからだ。試みに歌を作ってみる。

みはるかす黒き湖沼(こしょう)をしたがえて雪のデナリはあさあけにけり

家坂利清(いえさかとしきよ)

＊ デナリ：マッキンレー山（アラスカ）

〈あけぼの〉は夜明け前を意味するから、両作の時刻は少し異なる。

筆者の頭のなかには、山、雪、あけぼのの原風景が歌を詠む前に既にできていた。おそらく多数の読者も同様に、心のなかにこのような原風景をもっているに違いない。そのため歌として成立しやすい。
結局、啄木の〈神のごと〉の歌は発表当時は斬新だったとしても、作りやすいので次々と似たような歌が現われ、短歌スコア「新鮮さ」の項目では満点を得られないことになる。発表当時の歌への評価が現在と異なることは多いだろう。だが全ての歌の当時の反響を知ることはできない。したがって「新鮮さ」とは、当時の評価ではなく筆者の私見で判断されることになった。

評価法としては、最も「新鮮」2点、以下1点、0点の三段階方式となる。

2　分りやすさ

短歌に「分りやすさ」は必要だろうか。

プロは所属する歌会で相互の作品を講評しあって、互いの鑑賞力、読解力を高めるという。だからプロは、作品から感じられるものを最大限引き出そうと努力する、読解力の深さにプロとしてのプライドが感じられる。

その反面、読む人の深い解釈に期待して、作品をあえて難しくする歌人がいるようだ。焦点のずれた作品は、的のはずれた面白さをもつからだろう。結果として、素直に感動できない作品となる。若者の歌に多いようだが、特殊な知識がないと分らない作品群をどう評価すべきだろうか。

西洋絵画の分野で、興味深いエピソードがあった。

十九世紀のフランス人画家、ギュスターヴ・クールべは「わたしは実際に目で見えるものしか画題にしない」と宣言し、それまで全盛だった、キリストにまつわる宗教画や、ギリシャ神話にもとづく歴史画を全面的に否定した。それ以前の絵画は宗教や歴史の知識がないと鑑賞できないものだった。「主題の写実化」、これが西洋絵画におけるリアリズム宣言となった。

そのため彼の絵画は分りやすい。道端のさりげないひと齣（こま）を描いた「出会い―こんにちはクールべさん」はその最たるものだろう。


ところで、筆者の通う「高野公彦短歌教室」では、「常識的なことを歌にしただけでは、読者は感動しない」と教えられている。この教えを「分りやすさ」に求めれば、分りやすくても常識的ではいけないということになる。「分りやすさ」のなかに、暗闇でも光る何かが必要とされるのだろう。分りやすい名歌を作るのは、決して簡単でない気がする。

この本ではクールべと同様に、「分りやすさ」にこだわることにした。アマでも容易に理解でき、また高野教室の教えにそって、常識的でない歌を優れた作品としてとりあげた。

春日井建（かすがいけん）の作品（対象歌31）のように、分りにくいが強烈な衝撃を残す歌がある。
後述の春日井作品は「分りやすさ」の項では0点だったにかかわらず、他の項目は全て満点となり、総合的には8点と高得点になった。規格から少しはずれた「名歌」と再認識した次第である。

採点基準は前項と同様、「分りやすい」歌2点、以下1点、0点となる。

3　深さ（人生観や自然観）

この項目は短歌スコアのなかで、「分りやすさ」以上に難題かもしれない。「深さ」だけでは漠然としすぎている。

ある評論家が、川端康成の作品についてこう触れていた。「川端の小説には人間性の深さを示す繊細さがある」。この「深さ」は、ここで述べているものと共通している気がする。

そもそも「深さ」とは、歌のなかに内在する人間性を見ることが目的だった。

けれども歌は、人間性に直接関係する抒情詠ばかりとは限らない。叙景詠、時事詠、日常詠などの場合は判断が難しい。そこで「深さ」の範囲を少し広げて、歌のなかに人間味のある「自然観」が認められるものも対象とした（次の柿本人麻呂の歌、参照）。

「深さ」といえば、昔読んだ小学生の短歌を思いだす。

クロちゃんはうちのねこだよえんがわでひなたぼっこだきもちよさそう

作者不詳

リズムよく定型にきちんとおさまっている。情景がうまく描かれているので、「分りやすさ」では評価されるかもしれない。が、歌に「深さ」があるとは到底感じられない。やはり分りやすいだけでは駄目なのだ。

これに対して『万葉集』柿本人麻呂の次の作。

天離（あまざか）る鄙（ひな）の長路（ながち）ゆ恋ひ来れば明石の門（と）より大和島見ゆ

柿本人麻呂

＊　天離る：鄙にかかる枕詞（決まった言葉を修飾する技法。例：草枕→旅、たらちね→母、などが有名）
＊　鄙：いなか

地方に派遣されていた作者が、ふるさと大和に帰ってきた時の心情が歌われている。

人麻呂と小学生の歌を較べるのは無理があるだろう。単に情景を描いただけの小学生の短歌と違って、人麻呂の歌には「自然観」を通した「深さ」があるとわたしは感じるのだが……。

作者個人の「人生観」や「自然観」が短歌に投影されていないと歌に重みがでないと思う。さぁ、生きてきて実感したことを歌に詠んでみよう。

採点基準は1、2と同じで、「深さ」を感じる2点、以下1点、0点となる。

4　歌い出しの魅力

「歌い出し」とは、初句に限るのか、二句まで含めるのか、あるいは上句(かみのく)全体としてとらえるのか、定義は決めていない。

しかしながら、一度読んだだけでなかに引きこまれるような短歌がある。それは上質な小説、随想などのもつ散文の魅力ともまた異なっている。「歌い出しの魅力」とは、定型文のもつある種の鋭さに起因するのかもしれない。

樹の葉嚙む牝鹿のごとく背を伸ばしあなたの耳にことば吹きたり

早川志織(はやかわしおり)

この歌は、対象歌42としてまた後述される。内容から若い時の作品なのだろう。「歌い出しの魅力」をもつ例としてここにあげた。その他、〈向日葵(ひまはり)は金の油〉、〈金色のちひさき鳥〉など、対象歌には魅惑的な歌い出しの作品が多い。

採点基準は1、2、3と同様で、「歌い出しの魅力」をもつ歌2点、以下1点、0点となる。

5　訂正すべき箇所があるか

人々の心を感動で打ち振わせる秀歌には、訂正すべき箇所などないと思っていた。ところがよく読むと、直した方がよい箇所がある事実が明らかになった。この問題を大別すると二つになる。

a．文法上の誤り

今回の対象歌ではないのだが、明らかな誤用例をあげる。

鉦ならし信濃の国を行きゆかばありしながらの母見るらむか

窪田空穂（くぼたうつぼ）

＊ 鉦：巡礼などがもつ小さなかね

作者は歌人で、国文学者。

この歌は空穂の代表作の一つにかぞえられ、亡くなった母への追慕（ついぼ）の情が溢れている。

「だろう」を意味する推量の助動詞には、現在を推量する「らむ」、未来を推量する「む」、過去を推量する「けむ」の三つの形がある。本例の「らむ」は現在推量だから、「生きていた時の母を見ているだろうか」となり文意にそぐわない。

「生きていた時の母を見るだろうか」と未来推量で使うなら「む」が正しい。今度は語調をととのえるため、「母を見むかも」と万葉調で受けたり、「母に会はむか」などにする必要がある。

余談だが、過去推量「母を見にけむ」は「母を見ただろうか」になる。

b. 誤りではないが、訂正した方が分りやすくなる例

くれなゐの二尺伸びたる薔薇の芽の針やはらかに春雨の降る

正岡子規(まさおかしき)

＊ 二尺：六十センチメートルほど

今回の対象歌ではないが、教科書にものっている子規の代表作。
直した方がよい例にあげられて、墓のなかの子規は苦笑しているかもしれない。

〈くれなゐの〉という形容詞は、よく読むと〈薔薇の芽〉を修飾している。但し、その間に〈二尺〉という名詞があると、通読した時〈くれなゐの〉が〈二尺〉にかかると思われる畏(おそ)れがある。形容詞は直近の名詞を修飾する性質があるからだ。

実際には、「くれなゐの二尺」はありえないから、文意は「くれなゐの薔薇の芽」となり問題にはならない。

だが「分りやすさ」の項で述べたように、誰が、どのように読んでも短歌は分りやすい

ことがのぞましい。

もし〈くれなゐに〉と副詞句の形で用いれば、今度は副詞句の性質上〈伸びたる〉と動詞を修飾する。この場合「くれなゐに二尺」と錯覚する人はまずいまい。

「くれなゐに」とすると、今度は〈針やはらかに〉と助詞「に」が繰りかえされることになる。一首のなかで「に」の使用は二回まで許されると教えられているので、作歌上は支障ない。どうしても「に」の繰りかえしが気になる人は「針やはらかく」と形容詞の連用形で受ければよい。すると次のようになる。

＊　くれなゐに二尺伸びたる薔薇の芽の針やはらかく春雨の降る

この項は、読者の文法上の知識や感性などにかかわるため、他の項と平均値が異なってくる（後述）。

採点基準は、「訂正する箇所がない」２点、「一箇所ある」１点、「二箇所以上ある」は０点となる。

短歌スコア余談

a　項目毎の平均点

この採点基準で、対象となった作品群がどの程度の点を獲得したか、項目毎の平均点を調べてみた。

［項目］	［平均点］
一　新鮮さ	1.2
二　分りやすさ	1.1
三　深さ	1.1

四　歌い出しの魅力　1.1
五　訂正すべき箇所　1.6

結果からみると、一～四の数値はほぼ等しく、対象作品に対する四項目の意義が同等であることを示している。

これに対して五は平均値が1.6と高く、明らかに他項目と違っていた。有名な歌（対象歌）に手を加えることは誰でも戸惑うに違いない。この戸惑いが、この項目だけ点数が高くなった第一の理由だと思う。

次に、対象歌には直す箇所が実際に少なかった。この点が、項目五の点数が高くなった第二の理由と考えている。

高いというものの、この数値は他の項目と同じように、歌の評価として全ての歌に加算される訳だから、五だけ特殊扱いする必要はなさそうだ。

このセクションでは、項目毎の平均点を調べたが、対象歌全体の平均は6.1だった。従って7点以上獲得した歌は秀歌のなかでも特に優れた作品（名歌）と考えることにした。

短歌スコアとして追加すべき項目は他にもあるだろうか。
気がかりな点が二つあった。

b　短歌と時代

その一つは、「作品が時代を越えて残れるか」を問うことだった。この問題は、短歌に限らず全ての芸術にいえることだろう。

新聞の歌壇には、時代のトピックを詠んだ歌がよく見受けられる（時事詠）。阪神・淡路大地震や東日本大震災を詠んだ歌は生々しいものが多く涙なしでは読めなかった。とはいうものの、これらが時代を越えて名歌として残るかを考えると疑問の余地はある。時事詠は時代を映すものであり、まだ時間の洗礼を受けていないからだ。

対象歌として選ばれた作品、とくに明治・大正・昭和のそれは既に大きく時代を越えている。むしろ時代を越えた結果、秀歌として評価されたともいえる。

このように、「時代」は歌の良否を判断する重要な要素に違いない。

他方で、この因子「時代」は短歌の判定には不平等に働きすぎるため、今回は項目に採用されなかった（最新の短歌はどんなに優れていてもまだ時代を越えていない）。時代を明確に区切るなら（例：明治の短歌）、この因子は大切な役割を果たすだろう。

c　短歌の独立性

「歌集ボーナス」という言葉があるらしい。同じ作者の短歌が歌集のなかで複数並ぶ時、ある歌の情報不足を他の歌が補う形となって、歌意が分りやすくなることをいうそうだ。具体例をあげると、ある歌に「君」と書いてあり、次の歌では表現が「妻」ならば、「君」イコール「妻」だと判断できる。だから歌集ボーナスとは、一首の独立性が低い場合におこる現象と考えられる。

歌集ボーナスは読み手に「分りやすさ」を与える手段になるから、その意義を全て否定しない。だが、情景や理念などを一首のなかで完結させること、すなわち作品の独立性を保つことはやはり重要と考えられる。

今回対象歌を選ぶにあたって、独立性を求めた訳ではないが、独立性は大部分の歌で保たれていたと思える。だから、独立性をあえて項目に作る必要はなかった。

分析の対象になった歌・六十一首（明治以後の短歌）

対象歌

対象となったのは以下の六十一首。

これらの大部分は筆者が感銘を受けた作品で、いわば筆者好みの良歌といっても過言ではない。

勿論、対象歌以外に素晴しい作品は多くある。たまたま今回は対象にならなかったにすぎない。

歌を紹介したあとで、筆者の私見が添えられている。

1　君かへす朝の舗石さくさくと雪よ林檎の香のごとく降れ

北原白秋（きたはらはくしゅう）

よく知られた、美しい後朝（きぬぎぬ）の歌。

現代人が読んでも斬新に感じるのだから、発表当時の歌壇の衝撃は相当なものだったに違いない。

〈さくさくと〉というオノマトペ（擬音語）と、〈雪よ林檎の香のごとく〉のフレーズが感動的だ。

この作品は、また後述するが、今回の企画の前まで筆者の好きな歌の第一位だった。短歌スコアでどう評価されるか、個人的にも興味深かった。


ヒヤシンス薄紫に咲きにけりはじめて心顫ひそめし日

白秋の歌が二首続いた。こちらは対象歌ではなくて参考にあげた歌（定義を決めていないが、対象歌に準ずる歌）。

処女歌集『桐の花』のなかの一首。

対象歌に並ぶきれいな作品。白秋の作品は冒頭でとりあげていたため、この歌を続けては掲載しにくかったけれども、落とすに忍びなかった作品だ。この歌は『教科書でおぼえた名詩』で紹介されていたので、歌をはじめて知った当時の筆者の感動が残っていたのかもしれない。〈ヒヤシンス〉の歌い出しは、従来の歌調と大きく異なり新鮮に感じられる。歌二首を続けて読んでみると、白秋が天性の詩人だったことがよく分る。

2

冬ごもる病(やまひ)の床(とこ)のガラス戸の曇りぬぐへば足袋(たび)干せる見ゆ

正岡子規

子規の短歌に対する筆者の評価は、「日常詠が中心なので秀歌はあまりない」というものだった。彼は「短歌写生論」を展開していたから、筆者の感想があながち的はずれとはいえないだろう。

今回あらためて読んでみると、彼の作品群には日常性を越える「深さ」が感じられた。対象歌にも、ある種の透明感をもつ、人間的な「深さ」があるように思えた。彼の歌は人間性をもつという推測を裏付けるため、対象歌として子規の歌をもう一首とりあげよう。

3　枕べに友なき時は鉢植えの梅に向かひてひとり伏し居り

正岡子規

晩年の子規は重い結核のため厳重な運動制限が課されていた。逆にそのため、精神世界が深まったのかもしれない。しみじみと「深さ」を感じさせる秀歌と思う。

4　金色のちひさき鳥のかたちして銀杏ちるなり夕日の岡に

与謝野晶子

＊金色：「きんいろ」と読みたいが、「こんじき」と読む
＊銀杏：いちょう

晶子は膨大な数の短歌を残しており、また難解な作品が多いことでも知られている。難解例として一首あげる。

やは肌のあつき血汐にふれも見でさびしからずや道を説く君

教科書にも掲載されている晶子の代表作だ。

「君」が誰なのか、明示されていない点に論議がある。専門家の間でもさまざまな解釈があるらしい。本作が示すように、晶子の作品の多くは「分りやすさ」に難点がある。

これに対して対象歌4は、同じ作者と思えないほど単純で、色彩ゆたかで、誰もが心のなかに秘めている原風景を思い出させる。

5　のど赤き玄鳥(つばくらめ)ふたつ屋梁(はり)にゐて足乳(たらち)ねの母は死にたまふなり

斎藤茂吉(さいとうもきち)

＊　玄鳥：つばめの古語

＊　足乳ね：「母」にかかる枕詞(まくらことば)

冒頭にあざやかな色を配している点が心にくい。「つばくらめ」という古語を使っていることも面白い。

二句〈玄鳥ふたつ〉と四句〈足乳ねの母は〉は字余りなので多少異和感がある。

とくに二句は〈玄鳥二羽〉と普通に表現すれば字余りが避けられるのに、〈ふたつ〉と意図して字余りにしているようだ。破調にした方が、重厚感がでると考えたのかもしれない。筆者は、字余りは〈足乳ねの母は〉の一箇所だけでよいと思うのだが……。素人（しろうと）の浅知恵だろうか。


多くの短歌を残した茂吉。

そのなかでも筆者は若い頃の作品が好きだ。ちなみに対象歌5は、処女歌集『赤光（しゃっこう）』の中核をなしている。

6　つばくらめ飛ぶかとみれば消えさりて空あをあをとはるかなるかな

窪田空穂

誤用例として作品が引用された空穂。皮肉なことに本来は国文学者。

難しい作品が多いという先入観のなかで、「分りやすさ」に拘（こだわ）ったような歌。

光景は単純ながらスケールがとても大きい。この歌を知ったあとでは、秀歌を作るためには場面構成を簡略化した方がよい、と思えるようになった。同様な感想を山崎方代（やまざきほうだい）の作品（対象歌30）にも抱いた。

7　ぼんやりとした悲しみが、／夜となれば、／寝台（ねだい）の上（うへ）にそつと来て乗る。
　　　　　　　　　　　　　　　　　　　　石川啄木

＊ルビ（ふりがな）、句読点は原著通り

石川啄木……。現在では国民的歌人となった。しかしその評価は、初期作品の演技性、感傷性に影響されているように思われる。初期の代表的作品を一例にとりあげよう。

東海の小島の磯の白砂に／われ泣きぬれて／蟹とたはむる

啄木は二十六歳で病死した。

死が近づくにつれて大袈裟な表現が少なくなった。反面、思わず口遊（くちず）さみたくなる愛唱性に富んだ作品も減っていった。彼のなかでなにか変化が起きたと思われる。

初期の感傷性、演技性から抜け出した作品は平易で分りやすく、それでいて思索があり、現代の短歌に近い香りを漂わせるようになっている。この理由から、後期の作品群こそ初期の短歌以上に高い評価を受けるべきだと感じた。

対象歌7は、初期と後期のなかばに位置すると考えられ、生活のなかで湧いた悲しみを淡々と切りとっており胸をうつ。

8　旅人のからだもいつか海となり五月の雨が降るよ港に

若山牧水（わかやまぼくすい）

酒と旅の歌人、牧水。

彼は啄木の友人でもあった。そのためか、若い時の短歌には啄木と同様に、過度のセンチメンタリズムが鼻につく。

有名な二首を参考歌としてまずとりあげる。

白鳥は哀しからずや空の青海のあをにも染まずただよふ
幾山河(いくやまかは)越えさり行かば寂(さび)しさの終(は)てなむ国ぞ今日(けふ)も旅ゆく

これら二首は教科書にも掲載されている牧水の代表歌だ。初期の啄木の歌のように、分りやすく、かつセンチメンタリズムに富むことが当時の人の心をつかんだのだろう。
他方で、あまり知られてないけれど、対象歌8は感傷短歌から一歩抜け出した作品だ。
それにしても〈からだもいつか海となり〉とは、なんと魅力的、詩的な比喩だろう。

若山牧水

9　白玉の歯にしみとほる秋の夜の酒はしづかに飲むべかりけり

もう一首牧水の対象歌が続く。定番ともいえる酒の歌。

古来より酒の歌は多い。『万葉集』大伴旅人（おおとものたびと）の「酒を讃（ほ）むる歌十三首」はまずその先駆けだろう。多くの先例がある意味で、牧水の酒の歌は「新鮮さ」に欠けるかもしれない。この牧水の歌に、若い時分の感傷性はすでになく、枕詞のように使われている〈白玉の〉が絶妙で、全体の余韻を深めている。

この歌もそうだが、対象歌には色をかかげた短歌が多かった。色彩は読者の心に、刺激的、残影的に作用する効果があるのか、興味ある知見だった。

10

牡丹花（ぼたんくわ）は咲き定まりて静かなり花の占めたる位置のたしかさ

木下利玄（きのしたりげん）

作者は医師で啄木や牧水と同世代の人。

なんら変哲のない歌に思えるが、〈咲き定まりて〉と〈花の占めたる位置のたしかさ〉、二つの表現が絶妙で、「深さ」を伴う短歌になったといえる。

利玄は若い頃に愛児を亡くし、悲しみの多い人生だったと聞いている。この歌の、澄んだともいえる心境は、既に悲しみを乗り越えたからだろうか。そのような思いを歌に求めるのは深読み(ふかよ)みかもしれない。

11　死はそこに抗ひがたく立つゆゑに生きてゐる一日一日はいづみ

上田三四二(うえだみよじ)

医師であり、歌人でもあった三四二。ルビはないけれども〈一日〉は「ひとひ」と読みたい。

本歌は「分りやすさ」で減点されるかもしれない。だが、〈死はそこに〉と〈一日はいづみ〉の両句が、諦念にも似た「深さ」を生み出している。

12　ちる花はかずかぎりなしことごとく光をひきて谷にゆくかも

上田三四二

作者は11と同一人物。

下句（しものく）〈光をひきて谷にゆくかも〉のイメージが流麗で、ゆたかな情景を構築している。単なる風景というより、限りなく広大な眺望を想像させる。

わたしも医師だったから、以下の考えは身贔屓（みびいき）になるかもしれない。医師の様々な臨床体験が、歌に「深さ」を与えているのだろうか。

13　終りなき時に入らむに束の間の後前ありや有りてかなしむ

土屋文明（つちやぶんめい）

夫人を亡くした時の歌。

伴侶の場合だけでなく、兄弟や親友を亡くした後でも歌は成立するため、独立性が欠けていると思う。

死は誰にでも訪れる普通のできごとだ。むしろ死があるからこそ、困窮(こんきゅう)や苦悩から逃がれられる一面さえある。

とはいえ、当事者の悲しみは別物であり、その「深い悩み」を窺うことは誰にもできない。

この類(たぐい)の歌は多いから短歌スコアはどのように判定するだろう。

14　春がすみいよよ濃くなる真昼間のなにも見えねば大和と思へ
前川佐美雄(まえかわさみお)

一読しただけで秀歌の香りが立つのが分る。

問題は、結句(けっく)の〈大和と思へ〉をどう捉えるかだ。命令形と考えれば誰が誰に命令するのか曖昧になり、歌が不可解になってしまう。

以前短歌を已然形で終らせる技法が流行したという。「こそ＋已然形」から成る「係結び」

の法則から、こそがなくなった形（例：かなし→かなしけれ、思ふ→思へ、など）。本作品も当時はやった已然形終止と考えれば、意味はそのまま「思ふ」となる。おおかたの専門家もそう考えているらしい。その場合、歌は幻想的な叙景歌となる。

例にあげたように、形容詞の多くは（かなし→かなしけれ）と已然形は形をかえる。動詞（思ふ）は已然形と命令形が同じなので、文意が分りにくくなる已然形終止をなるべく用いないよう、教室では指導されている。

15　秋分の日の電車にて床にさす光もともに運ばれてゆく

佐藤佐太郎（さとうさたろう）

佐太郎の作品は発想に無理がないのか、アマにも理解しやすい。十代の頃、本作品を知って感動した覚えがある。日常生活のなかで見落しがちな一瞬を、〈光もともに運ばれてゆく〉と見事に切りとっている。

16　日本脱出したし　皇帝ペンギンも皇帝ペンギン飼育係りも

塚本邦雄（つかもとくにお）

本歌は第三歌集『日本人霊歌』の巻頭歌である。

現代短歌の起点をどこにおくか。

戦後に詠まれた短歌とする説もあるし、邦雄らの前衛短歌からはじまったとする説も有力のようだ。

いずれにせよ、一九五一年に発表された、邦雄の第一歌集『水葬物語』の反響は大きかった。

邦雄は「句割れ、句またがり」という新しい短歌形式を多用、それを発展させた。

伝統の五七調・七五調しか知らない短歌人にとって、「句割れ、句またがり」の技法は衝撃的だったに違いない。この新しい形式はその後の短歌の世界を大きく広げていった。

現代の短歌では、既にその衝撃は吸収され、この形式が普通に使われている。新しい技法を開発、普及させた意味で、邦雄は短歌史に偉大な足跡を残したといえる。

対象歌16も、〈脱出したし〉で句またがりが使われている。分りにくい短歌が多い邦雄の作品のなかで、もっとも分りやすいので対象歌に選んだ。

17 馬を洗はば馬のたましひ冱(さ)ゆるまで人戀(こ)はば人あやむるこころ

塚本邦雄

邦男の歌がもう一首続く。

本作は難解だが、彼の代表作といわれているようだ。〈馬のたましひ冱ゆるまで〉の語は、とても詩的に感じられる。だが、〈人戀はば人あやむるこころ〉が分りにくい。「その人を殺す覚悟で愛することが大切」の意味らしい。ただ、やはり歌として分りにくい点は否(いな)めない。

全体として歌は詩情ゆたかで、「深さ」も感じられるが、「分りやすさ」で減点される可能性がある。

18　残生に用なくなれるものを焼く落葉とともにきのふもけふも　　木俣修

枯淡の境地というべきだろうか。

誰もが通るべき道、しばしば恐れを伴う道について静謐な情感をもって詠んでいる。歌として分りやすく、登場人物の振るまいにも「深さ」を感じる。

類想歌は多いから、「新鮮さ」の点で減点されそうだ。

19　はらからの皆死にてなき故郷に病を持ちて帰り来にけり　　田村伸穂

本歌の主題は結核。

あたかも現在では撲滅された観があるが、結核患者数は今でも減少していない。とはいえ現在では、結核が「死のやまい」とは考えられていない。歌の内容と現代の感覚、とくに若者のそれとの間に大きなギャップがある。「結核で村が全滅した」と聞いても、若者にはとうてい理解できないだろう。

今回の対象歌には時事詠（時代の世相を歌にする）は少なかった。本歌は数少ない時事詠の一つと思う。多くの人が結核で亡くなった世情を知る筆者にとって心にしみる作品だ。

20　熱出でて果物欲しき宵々よ貧しき者は病むべきならず

矢野伊和夫（やのいわお）

本歌も果物が乏しかった貧しい時代を歌っている。今では果物は容易に手に入るから、歌の描く世界と事情は全く違っている。前の対象歌と同じように時代感覚がずれている。下句（しものく）〈貧しき者は病むべきならず〉は箴言（しんげん）（いましめとなる短い言葉）を思わせ、その結句により「深さ」をさらに深めている。

対象歌19、20と病気の歌が続いた。メジャーではない歌人の、分りやすい率直な作品群は、時代を越えてわれわれを感動させる。

21　頑(かたくな)にこばみつづけて或る夜半に我より崩るる予感がかなし
恩田光子(おんだみつこ)

女心をつづった繊細な歌。

二句〈こばみつづけて〉で一旦歌意が切れる。〈かなし〉の表現が通俗的・主観的過ぎると思う。

それはさておき、人間心理の多面性を歌った優れた作品だ。

22　メスのもとひらかれてゆく過去がありわが胎児らは闇に蹴り合ふ
中条(なかじょう)ふみ子(こ)

歌集『乳房喪失』で鮮烈にデビューし、惜しまれながら早世した歌人、中条ふみ子。自由奔放な作風が当時の歌壇に衝撃を与えたと聞いている。

〈メスのもとひらかれてゆく過去〉の語句に、従来の歌には乏しかった力強さ、鋭敏さを感じる。その反面、ふみ子の歌は繊細さに欠ける傾向がある。また抽象の世界を歌っている作品が多いから、「分りやすさ」に難点がある。

23　何待つとなき半身を起しをりほたるのひかりと息づきあひて

相良　宏

結核のため夭折したにもかかわらず、宏は多くの歌を残した。なかでもこれは彼の最後の作品と思われる。

「死」には一切触れていない。けれども、諦めに近い、生への心情が恒間見えて胸がうたれる。

後述する河野裕子の作品（対象歌40）にも似た感覚を抱いたが、人間が「死」を目前にすると、短歌は技巧を越えて抒情ゆたかに世界を広げてゆくのだろうか。

宏の歌といえば、塚本邦雄が激賞したという次の一首が有名だ。参考歌としてあげる。

無花果の空はるばると濁るはて沼に灯映す街もあるべし

＊ 無花果：いちじく

本作は詩心にあふれており、激賞した邦雄の気持ちも納得できる。その一方で、具体性がないため対象歌には選ばれなかった。

24　もう戻るすべなく昏く陥（お）ちてゆく乳房うしなふための眠りに

藤（ふじ）　絹子（きぬこ）

手術のため麻酔をかけられた時の心情を歌っている。さびしい、かなしい、つらい等の主観的言葉を一切排除し、おかれている状況だけを歌にしている。そこに「深さ」を感じる。

25　ぼんぼりのうすらあかりに永かりし禁令のごと解かれゆく帯

江波光一（えなみこういち）

〈ぼんぼりのうすらあかりに〉で一旦切る必要があり、また「照らされて」という述語が省略されているようだ。高野教室では、述語を省くと文意が曖昧になりやすいので要注意と教えられている。

〈永かりし禁令のごと〉では文意が分りにくくなってしまう。〈禁令開けて〉とする方がより明瞭になると思うのだが……。

現代の秀歌とするには、歌をとりまく状況が古過ぎる気がする。

今では葬儀や祭礼以外にまず日常的には使われない〈ぼんぼり〉の語感や、〈禁令〉のもつ固いイメージのためだと思う。〈ぼんぼり〉が瞬時に、かつ鮮やかに頭に浮きあがる世代でないと歌の良さが分らないだろう。そこに難点がある。

26　ながき夜の　ねむりの後も、なほ夜なる　月おし照れり。河原菅原

釈　迢空（しゃくちょうくう）

釈迢空は短歌を作るときのペンネームで、本名は折口信夫（おりくちしのぶ）、民俗学者。対象歌のあちこちに出てくる「一字あけ」や、文中の句読点などを彼は好んだ。結句〈河原菅原〉とは、スゲの生えている河原の意味か。ともあれ、体言止めが歌を安定させている。

下句に分りにくい点があるにしても、従来の歌にはなかった玄妙で不思議な世界が登場する。

27　高槻のこずえにありて頬白のさへづる春となりにけるかも

島木赤彦（しまきあかひこ）

＊　高槻：高いケヤキの木

リズミカルでおおらかな歌いぶりだ。しかしこの歌を読むと、万葉集・志貴皇子（しきのみこ）の有名

な次の作品を思い出してしまう。

石ばしる垂水の上のさ蕨の萌え出づる春になりにけるかも

＊　石ばしる：垂水にかかる枕詞

＊　垂水：滝の意

＊　さ蕨：「さ」は語調を整える接頭語

対象歌27が詠まれた時の詳しい事情は分らない。文末を「かも」と万葉調で結ぶなど、多分に参考歌を意識して歌われたのだろう。あるいは、本歌取り（先人の歌を積極的に取りいれて作歌すること）なのかもしれない。

本歌取りだとしても、類想歌がある場合は「新鮮さ」で減点の可能性がある。

28　向日葵は金の油を身にあびてゆらりと高し日のちひささよ　前田夕暮

まるで後期印象派のゴッホの油絵を見ているようだ。実際、白秋をはじめとしてこの時代の歌人は、フランス印象派、後期印象派絵画の影響を強く受けていたと聞いている。それはともかく、幽玄的だったり、写生的な歌が多かった往時に、この歌はとりわけ異彩を放っている。

〈金の油〉と〈日のちひささ〉が相呼応(あいこおう)して空間を無限に広げている。「歌い出しの魅力」もあり、総体的に高得点が予想される。これこそ分りやすい名歌のような気がする。

夕暮には「わが死顔」と題された、趣(おもむき)が全く異なる作品群がある。捨てがたい味があるので一首を紹介しよう。

ともしびをかかげてみもる人々の瞳はそそげわが死に顔に

描かれている光景が対象歌28と真逆に思える。この一首も筆者のなかで評価は高いけれども、無辺の空間がどこまでも明るい対象歌28の方が、筆者はやはり好きである。

29　目瞑りてひたぶるにありきほひつつ憑みし汝(なれ)はすでに人の妻

宮柊二（みや しゅうじ）

＊ 目瞑る：めつむる
＊ 憑みし：たのみし

「憑む」には様々な意味があるようだ。「信頼して身を託す」あたりが妥当だろうか。

本作にはある種の重厚感が感じられる。とはいうものの、何回読んでも「分りやすさ」はない。歌として、難解さが短所であり、また長所なのかもしれない。

結句〈すでに人の妻〉は、「の」を入れて字余りになっている。字余りも重要なテクニックの一つという。残念ながら筆者にはその奥義（おうぎ）はよく分らない。ただ「すでに人妻」では俗っぽく軽快過ぎて歌調にあわない気はする。

30 一度だけ本当の恋がありまして南天の実が知っております

山崎方代

「でました、方代」と方代ファンはここで喝采するだろう。

放浪の、あるいは放浪者ぶった歌人、山崎方代。

彼に対していろいろな意見や見方があるにしても、彼の歌には気取った解釈が必要ないところがすごい。対象歌30はそのなかでもとくに簡明で、あえて歌の単純化を意図しているようにさえ思える。

本歌が彼の作品のベストといえないにしても、この歌は「新鮮さ」、「分りやすさ」、「魅力ある歌い出し」を満たしている。構成がシンプルなので「訂正すべき箇所」がないとも思う。最後に歌の「深さ」だが、筆者には歌に人間味があると感じられた。

短歌スコアで高得点が予想される。

31　大空の斬首ののちの静もりか没(お)ちし日輪がのこすむらさき

春日井建

方代とは対照的だ。

一度読んだだけでなく、何回読んでも分らない歌。それでいて、歌が醸(かも)し出す印象的な情景は深く記憶に残る。

明治以後、歌論については子規の「短歌写生論」が主流だった。今回の対象歌も写生を打ち出した作品が多かった。それらは概(おおむ)ね分りやすかった。

これに対して建の歌づくりを何と表現したらよいのだろう。「分りやすさ」より、読者に衝撃を与えることが目的なのか。

本歌も「斬首」、「日輪」、「むらさき」と、それぞれの言葉が強烈で、あたかも作者自身がみずからの歌に酔っているようにさえ思える。

このような建の歌づくりに非難の声があがるかもしれない。しかしながら、建の作品には非難を沈黙させるだけの迫力がある。

たとえ「分りやすさ」の部門で0点だったとしても、「大空の斬首」の歌い出しには満点を与えたい。この部門の満点が2点なのが惜しいくらいだ。

優れた作品ばかりの対象歌のなかでも、建の作品は烈々と輝いている。

32 さくらばな陽に泡立つを目守りゐる冥き遊星に人と生れて

山中智恵子

〈さくらばな陽に泡立つ〉とはどのような光景なのだろうか。さくらの花が光を浴びて咲き誇る情景なのだろう。

彼女の歌は幻想的に美しい。だが、自分の博識や優れた感性を人は理解して当然という、過剰な自意識をときに感じる。

作品は忘れ難い。しかし分りにくい。

アマは必ずしも博識でなく、ゆたかな感性をもつ訳ではない。歌の大衆性を考えれば、分りやすく創作することが大切と思う。勿論、「分りやすさ」と「月並な表現」とは区別しなければならない。分りやすく、かつ特色ある歌をわたしは名歌と呼びたい。

対象歌の「遊星」を辞書でひくと、—惑星と同じ—と載っている。それなら「遊星」を「地球」に変えるだけで字余りがなくなり、一段分りやすくなると思う。「地球」では月並みな表現になってしまうのだろうか。

33　泣くおまえ抱(いだ)けば髪に降る雪のこんこんとわが腕(かひな)に眠れ

佐佐木幸綱(ささきゆきつな)

〈こんこんと〉というオノマトペが〈雪のこんこんと〉と〈腕に眠れ〉の両者にかかってお
り、作歌の技法は実にたくみだ。
けれども、対象歌は現実味がうすく、頭のなかで場面が構成されたような、一種の既視感〈デ
ジャ・ビュ〉がある。そこには「歌は現実でなくてもよい」との思想があるように思える。
既視感が歌のなかに生ずる場合、〈新鮮さ〉の観点から減点される可能性がある。

34　サキサキとセロリ嚙みいてあどけなき汝を愛する理由はいらず

佐佐木幸綱

対象歌33と同じ作者。

歌われている情景から、より若い頃の作品のようだ。

〈サキサキと〉という魅惑的なオノマトペから始まり、歌の風情(ふぜい)は対象33と全く違っている。

「新鮮さ」、「分りやすさ」、「魅力ある歌い出し」の項は、それぞれ満点で異論はないだろう。「汝を愛する理由はいらず」は、どこか箴言(しんげん)を思わせ、歌としての「深さ」を感じさせる。

要するに、平易なのに奥行きがある。

最初からシンプルな構成なので、「訂正すべき箇所」もない。誰もが作れそうで作れない名歌なのかもしれない。


短歌スコア上高得点が予想される。

35　わがおもふをとめこよひは遠くゐて人とあひ寝るさ夜ふけにけり

岡野弘彦(おかのひろひこ)

＊　寝る：ぬる。文語「寝(ぬ)」の連体形

恋人への成就（じょうじゅ）せぬ思いを短歌につづったのだろう。それでいてドロドロした暗い部分はない。しらべは美しく、秀歌が放つオーラをすでに身にまとっている。

但し、結句〈さ夜ふけにけり〉は、万葉集・高市黒人（たけちのくろひと）の「我（わ）が舟（ふね）は比良（ひら）の湊に漕（こ）ぎ泊（は）てむ沖辺（おきへ）な離（さか）りさ夜（よ）更けにけり」という作品に登場しており、この点で〈新鮮さ〉に欠けるきらいがある。かといって本歌取り（ほんかどり）とみるのも苦しい。

短歌スコアはどう評価するか。

36　君に逢う以前のぼくに遭いたくて海へのバスに揺られていたり

永田和宏（ながたかずひろ）

作者は歌人であるだけでなく、細胞生物学の権威でもある。

歌は単純ながら文句なく面白い。

〈以前のぼく〉はよくある発想と思うが、〈遭いたくて〉とはなかなか歌えない。

〈海へのバス〉も出色で、乗り物は新幹線やタクシーではなくバスがよい。

佐佐木幸綱、永田和宏といえば今は歌壇の大御所だ。が、彼らの青春時代の歌は夜空の星座のように、軽やかにまたたいている。

37　鉄骨の鋲打てるおと頭上より縞なしてわが体を過ぎつ

高野公彦

いよいよ師匠の登場だ。

彼は短歌結社「コスモス」の代表であり、また短歌教室の講師をしている。前に述べたが、筆者は「コスモス」の会員ではなく、この短歌教室の一員だ。彼に毎回こまかく指導されながら作歌生活を楽しんでいる現状である。

公彦の「言葉に対する拘り」は、まさにプロ感覚というべきで、日頃から深く感銘を受けている。

もしこの教室員でなかったならば、この本を書こうとは思わなかっただろう。毎回新しい事を教わり、その知識が骨子（こっし）となってまとめられた著作といえる。

さて、本歌の特色は〈縞なしてわが体を過ぎつ〉にある。本来「音」とは聴覚器官でとらえるものであり、体で感じることはない。まして音が〈縞なす〉ことはあり得ず、この高度な比喩が効いて、無常観さえたたえる深い歌になった。

38　はまゆふの多（さは）のしべより渦まきて時あふれをり朝のひかりに

高野公彦

〈渦まきて時あふれをり〉から導びかれた描写が見事で、われわれアマにはこのように歌えない。

この類（たぐい）の歌は結句が難しいのだが、時をあらわす〈朝のひかりに〉をさりげなく使って全体の調子を整えている。

39　たつぷりと真水を抱きてしづもれる昏き器を近江と言へり　河野裕子

＊　昏き器：くらきうつわ

佐美雄の対象歌14と同様に、ざっと眼を通しただけで名歌の香りが漂う。現実と非現実の世界がうまく調和している。

どのような経緯(けいい)で本作が詠まれたかは分らない。ただ、従来の「短歌写生論」だけではこのような歌は詠めないに違いない。さすが裕子というべきで、「分りやすさ」で減点されるにしても、「写生論」から一歩も二歩も踏み出した感のある作品だ。

40　手をのべてあなたとあなたに触れたきに息が足りないこの世の息が　河野裕子

もう一首裕子の歌。

裕子は若い時から女歌（女性の視点で詠まれた歌）の旗手として頭角を現わしていた。女歌というものの、作品はきわめて多面的、技巧的だった。
対象歌40は乳癌で亡くなった彼女の最後の作品で、技巧的な部分は見られない。〈息が足りない〉という単調なフレーズが、静かな叫びになって、人々に大きな感動を与えた。対象歌39に代表される評価の高い他の作品と較べても、感動的という意味では遜色はない。この歌は生の声そのものであり、一度読んだら忘れられない。

このような歌を、短歌スコアはどう判断するのだろうか。

41　いちにちを降りゐし雨の夜に入りても止まずやみがたく人思ふなり

藤井常世

初句から四句の〈止まず〉まで、流れるような序詞（ある言葉を導くための語句。枕詞と違って字数が限定されない）から成っている。具体的には、全ての語句が〈人思ふなり〉にかかっている。

序詞は、歌謡の側面をもつ万葉集に多く、短歌が記載文学になるにつれて衰退したという。現実的には、この技法をうまく使うのは難しい（対象歌59参照）。

短歌スコアには序詞の優劣を判定する基準はない。前述の5項目のスコアで、序詞を用いた短歌の良否を総合的に判断することになるだろう。現代では、序詞の使用例は多くないからそれでよいと思う。

ともあれ現代短歌には珍しく、序詞の技法の光る一首といえる。

42　樹の葉嚙む牝鹿のごとく背を伸ばしあなたの耳にことば吹きたり

早川志織

なんと若さに溢れた作品だろう。枯淡の境地を歌った渋い作品も良いが、若さが溢れるこの短歌は流麗というべきだ。

雄鹿（おじか）が妻恋（つまご）いのため鳴く歌は万葉の時代から多く見受けられたけれど、牝鹿（めじか）はながらく歌の対象外だった。

この歌では、牝鹿のように背を伸ばして耳に愛をささやくシーンが感動的だ。全体の雰囲気が柔らかいので、カミーユ・コローの西洋画「樹の回りで踊るニンフ」像を想起させる。今までとりあげてきた対象歌のなかにも、ここまでフレッシュな作品はなかった。

新しい時代の到来を予感させた。

43　君の眼に見られいるとき私はこまかき水の粒子に還る　　安藤美保（あんどうみほ）

導入はあくまで穏やかだが、下句〈こまかき水の粒子に還る〉で歌をきりりと引き締めている。繊細過ぎてこわくなる位だ。

歌の発する輝きは青年期特有のものだろう。わたしのような老人にはとても歌えない。

余談ながら、作者美保は不慮の事故で若くして（二十四歳）亡くなっている。この歌はそれを予感させる、との感想を抱く人もいる。

44　氷河期より四国一花は残るといふほのかなり君がふるさとの白

米川千嘉子

上句は散文的だ。しかし結句〈君がふるさとの白〉の表現が短所を補ってあまりある。使われている色彩「白」が、ふるさとを一層思い出深いものにしている。

45　さくら花幾春かけて老いゆかん身に水流の音ひびくなり

馬場あき子

さくらからコンビニまでたくみに歌題にする、現代を代表する女流歌人。読者の感銘を素直に呼ぶ作品が多い反面、わざと読者に判断をゆだねる歌もある。対象歌は筆者の感覚では後者に近い。

〈水流の音〉がひびくのは、さくらの樹なのか、あるいは我が身なのか、肝腎な点が曖昧になっている。だから「分りやすさ」の上で問題となる。

それに〈さくら花〉は、前述した山中智恵子の対象歌32と同じ歌い出しだ。「桜」そのものも他の歌人がよく題材にしている。「新鮮さ」や「魅力ある歌い出し」の観点から減点される可能性がある。

それでも一般読者は、プロの作品の、この美しい旋律に魅了されるに違いない。専門家の間でも対象歌45の評価は高く、あき子の代表作ともいわれている。

46　颪よりも静かに過ぎてゆくものを指さすやうに歳月といふ

稲葉京子(いなばきょうこ)

分りやすく余情が溢れる歌。

〈指さすやうに〉は比喩なので、より具体的な言葉を考えてみた。例えば〈指さしてわが歳月〉とか、あるいは〈指さしながら〉など……。

善し悪しの判断が難しく途中で断念してしまった。

47　観覧車回れよ回れ想ひ出は君には一日我には一生

栗木京子

若い時分にこの歌に魅せられたものだった。

俵万智の『あなたと読む恋の歌　百首』によれば、彼女が教えていた生徒のなかで、この歌は圧倒的に人気があったという。〈観覧車回れよ回れ〉の名調子が現代の高校生を魅了したのだろう。まさに「魅力ある歌い出し」をもつ短歌といえる。

百人一首には歌のしらべの優れた作品が多い。だからこそ、日本人の心のルーツとして永年愛されてきたのだろう。これは百人一首の系譜をつぐ愛唱歌といえる。

詠まれた歌の内容を重視するためか、現代では思わず口遊さんでしまう愛唱性に富む短歌が少なくなった。例えば、東日本大震災を詠んだ短歌には感動的なものが多いが、愛唱性に富んだ作品はほとんどない。

時を経て対象歌47を読んでみると定型詩のもつ重要な一面である愛唱性がいかに大切か、あらためて考えさせられた。

ところで、「若い時分の作品が生涯を通じて最高だった」とされる芸術家は多い。ピカソの「青の時代」とは、二十歳代前半の作品をさす。それらはみずみずしく、思索にも富んでおり、若い時代の作品が最高だった好例のようにいわれている。また対象歌だけに絞っても、若い時分の作品がかなりとりあげられている。

〈観覧車〉の歌も京子の最高作として、時代を越えて後世まで残るのだろうか。感傷的な部分が多少鼻につくものの、愛唱性は格段に光っており、若者にしか作れない秀歌中の秀歌のように思われた。

48　折鶴の羽をはさみで切り落とす　私にひそむ雨の領域

笹井宏之（ささいひろゆき）

宏之は二十六歳と若くして亡くなったので作品は多くない。その短歌は真の狂気を含んでおり、理解不能な作品群が多くを占める。代表的なものを次にあげよう。

これごっほ　ごっほのみみよ　これごっほ　ごっほのみみよ　がかのごっほの

この歌の解釈は、たとえプロの歌人といえども難しいだろう。これは極端な例としても、この種の歌が歌集にズラリと並ぶ。

そのなかで対象歌48は、例外的に分りやすいだけでなく、人間のもつ暗部を的確にとらえた秀作だ。

49　「この味がいいね」と君が言ったから七月六日はサラダ記念日

俵　万智

歌集『サラダ記念日』は一世を風靡した。口語調、ライト短歌ゆえの「分りやすさ」が最大の特徴といえる。

「分りやすさ」だけでなく、栗木京子の「観覧車」の歌と同様に、誰もが口遊(くちず)さみたくなる愛唱性にも優れている。また「魅力ある歌い出し」があることも、大衆から熱狂的に支持された所以（ゆえん）だろう。

この歌も「新時代が来た」と語りかけているようだ。

ところで、最近気付いた点を述べる。

『サラダ記念日』はネーミングの良さが大衆に受けた一つの理由と思う。このタイトルは「七月四日は独立記念日」という、アメリカ合衆国の有名な標語によく似ている。

50　サーファーのボトムターンのしなやかに秋の夕陽を追ふ鳥の群

矢沢靖江（やざわやすえ）

名前を知らない読者が多いだろう。それもそのはず、彼女は筆者が通う「高野短歌教室」の一生徒だ。

靖江は短歌結社「コスモス」の会員だから厳密にはアマとはいえないのかもしれない。

それにしても短歌がとてもうまい。彼我の差を痛感して、彼女の好むスケールの大きな叙景歌を作るのは止めようと、何回か自分にいいきかせたことがある。

この歌は流麗で、他の対象歌と較べても遜色はない。とくに、上下句をつなぐ、三句の〈しなやかに〉が効いている。三句は「軽い言葉でつなぐ」と、ある本で読んだことがある。〈しなやかに〉でそれを体現したような歌だ。

本短歌は、教室で発表された作品のうちベストと筆者が考えたものである。

51　晴れ上がる銀河宇宙のさびしさはたましいを掛けておく釘がない

杉崎恒夫

秀歌ばかり並ぶ対象歌のなかでも、とびぬけて個性的な歌。

彼は東京天文台に勤めていたというから、最初から独自の視点をもっていたのだろう。このような光景を創作できるところに歌の世界の奥深さがある。

下句〈たましいを掛けておく釘〉は発想が秀逸で、宇宙と釘の対比がとにかく面白い。

ただ、〈さびしさ〉の語が主観的過ぎるため、代わる言葉として「難点」や「欠陥」を考えてみたけれど、文章が固くなり過ぎて巧くいかなかった。

52 見るたびに顔の小さくなる叔母が今日もの言はず鳥眸(てうぼう)をせり

柏崎驍二(かしわざきぎょうじ)

高校教師だった驍二の歌はおとなしい。それらの作品のなかで、ときに彼はユニークな造語を用いた。本歌では、もちろん造語は〈鳥眸〉で、この一語の使用で全体の雰囲気が引きしまってくる。

造語といえば、万葉集・柿本人麻呂の造語がよく知られている。とりあげてみよう。

近江(あふみ)の海夕波千鳥(ゆふなみちどり)汝が鳴けば心もしのに古(いにしへ)思ほゆ

＊しのに：しんみりと

「夕波千鳥」が造語。たった一語の使用により、夕方の湖面で千鳥が鳴く様子が見事に表現されている。

53　日のくれに帰れる犬の身顫ひて遠き沙漠の砂撒き散らす

大西民子(おおにしたみこ)

案外この犬はゴビ沙漠で昼寝をしていたのかも……。

誰もが心のなかに抱いているメルヘンを思い出させて、また対象歌4の晶子の歌〈金色のちひさき鳥〉も髣髴(ほうふつ)とさせる。

来し方、行く末を淡々と見つめる歌に優れた作品は多いかもしれない。しかし本歌のように短歌は、いま生きているこの世界だけでなく、どの世界とも交流できる一面をもっている。「銀河と釘」の歌もそうだったが、歌われた内容が現実から乖離(かいり)するほど、ある種の魅力が増す気がする。

54　てのひらをくぼめて待てば青空の見えぬ傷より花こぼれ来る

大西民子

ふたたび同じ作者の歌。

対象歌の選定にあたり、同一人物から作品をなるべく選ばないつもりだった。実際には子規他数名で、複数の歌が対象歌となった。そこに筆者の好みが反映されているにしても、いずれの対象歌も選ばれるのに相応（ふさわ）しい容貌（ようぼう）をもっていた。

さて、総論でも触れたが、歌に「深さ」を求めることはなかなか難しい。「深さ」は抽象概念なので具体的に表現しにくいのだろう。

本歌の場合は、〈青空の見えぬ傷〉と詠むことにより、幻想的な光景を添えながら「深さ」への道を切り開いたと感じる。

55　朝の床を出でて夕べの床にいる一日に老いはしづかにつもる

北沢郁子（きたざわいくこ）

静寂の世界。

人生の終末には人はみなこのような感慨を抱くのだろうか。それともみずからを真摯（しんし）に見つめた人だけがこのような境地に達するのだろうか。

各論的には、〈しづかに〉があまりにも日常語なので、別の言葉、例えば「わづかに」などに置きかえられるか腐心（ふしん）した。結局よい案が浮かばなかった。

56　かき抱くものは花屑ばかりにてみなかたちなきひと世の恋も

大野誠夫（おおののぶお）

まことの恋と思っていたら、それは「花屑」だったと解釈してよいのだろう。心情は分るにしてもいま一つ理解しにくい。それでも「分りやすさ」を前面に押し出すと、この歌は説明的になりそうだ。「分りやすさ」については、このあたりが妥協点か。

57　かぜのなかに手をひらきたりあまりにも無力なるしかし生きてゐる手を

小島ゆかり

絶唱系短歌は今回ほとんど選ばれなかった。そのなかで唯一の例外。ゆかりの講演を何回か聞いたことがある。パワフルで歯切れのよい名調子に驚いた。「こういう歌人もいるのだなぁ……」。

彼女は優れた美意識と深い素養を合わせもつ歌人と思われる。初句〈かぜのなかに〉と四句〈無力なるしかし〉の、二箇所の字余りが多少気になる。それも歌をパワフルにするための工夫かもしれない。

58　まだ暗き暁まへをあさがほはしづかに紺の泉を展く

小島ゆかり

前の歌と同じ作者と思えないほど雰囲気が違う。〈紺の泉〉に象徴された情景は重厚感に溢れ、すがすがしさにも満ちている。

秀歌にするためにはあちこちを飾るのではなく、「核心部分を強調するべし」と教えられているようだ。この場合のキーワードは疑いなく〈紺の泉〉だ。方代の対象歌30では、〈南天の実〉が核心部分だったように——。

対象歌のなかで「いづみ」の語は二回使われていた。三四二の歌11では「死」と、ゆかりの歌58では「あさがほ」と結びついて、いずれも歌の「深さ」を増しているように思われる。

「泉」といえば、ドミニク・アングルの絵画が世界的に有名だ。その絵は、裸の女性が肩にかけた壺から水を撒くシーンを描いたにすぎないが、永遠の瞬間を切りとった作品として評価が高い。

洋の東西をとわず、「泉」とは、荘厳な何かをイメージさせる言葉なのだろうか。

59　われらかつて魚なりし頃かたらひし藻の蔭に似るゆふぐれ来たる

水原紫苑（みずはらしおん）

難解な歌で知られる作者。前出した春日井建に師事していたので、自然に難解な短歌になるのかもしれない。

本歌が描く光景は美しい。が、どこか現実ばなれしている。

各論的には、過去を示す助動詞「き」の連体形「し」が二箇所にあることが気になる（なりし、かたらひし）。

高野教室ではないある短歌教室で、過去形が文章中に二度出てくる場合、「どちらか一方を過去形にすれば意味が通じることが多い」と教えられた。

それを踏まえて改作してみた。

＊　われらかつて魚なりし頃かたらへる藻の蔭に似るゆふぐれ来たる

意味は通じるし、この方が座りがよい気がする。でも歌を印象的にするため、意識して過去形を二度用いた可能性はある。

この歌は初句から四句までが、結句〈ゆふぐれ来たる〉にかかる序詞になっている（対象歌41参照）。

序詞については前に説明したが、これに関して斎藤茂吉の主張に耳を傾けたい。「序詞の使用は短歌の世界を広げる」と彼は述べている。たくみな使用例として柿本人麻呂の作品をあげている。

もののふの八十宇治川（やそうぢかは）の網代木（あじろき）にいさよふ波の行くへ知らずも

＊ もののふの：八十にかかる枕詞

序詞を用いることで幻影的世界を出現させ、また無常観すら漂わせることになった。

60　のみどより「ああ」ところゐ出すよろこびを知らず老いたり水中の鯔

都築直子（つづきなおこ）

＊のみど：喉（のど）
＊鰡：ボラ

ふたたび私事になるが、直子とはいくつかの短歌教室で一緒になり、「高野教室」でまた同クラスとなった。彼女は立派なプロなのだと友人に聞いて驚いた。なるほど、歌に対する発想が最初からユニークで、創作された歌が全て個性的だった。筆者が知るかぎり、対象歌60がベストではないけれど、面白さの点では群を抜いている。

このような歌を短歌スコアはどう評価するだろうか。

61　みづいろの付箋を貼つてさざなみのやうに明日へわたしを送る

大松達知（おおまつたつはる）

〈みづいろの〉が特にあざやかだ。

彼もまた「高野短歌教室」の講師であり、やはり筆者の師匠筋にあたる。公彦の時にも感じたが、師匠の作品を採点するのはとても気が重い。感想はほどほどにして短歌スコアの結果を待とう。

作歌にあたって、「手垢のついた日常語を使わない」よう毎回指導された。

判定結果

判定結果

短歌スコア上高得点と考えている7点以上の作品（ここでは名歌とする）は四十一首で、全対象歌の七割近くを占めていた。

対象歌となった短歌は、歌人の代表作か、あるいはそれに準じた作品と考えられるから、短歌スコアは、社会的に高評価の作品に高点数をつけた感がある。しかし、それだけではあたりまえ過ぎて興味がそがれる。短歌スコアならではの結果はどうなるのだろう。

以下、対象歌が獲得した点数と作者名、対象歌No.を列記した。

対象歌No.　　　　　　　　　　　　　　　　　　　　　　　　　　　作者名

［10点］の名歌　　一首

34　サキサキとセロリ噛みいてあどけなき汝を愛する理由はいらず　　佐佐木幸綱

短歌スコア上、「深さ」以外の欠点が見当らなかった。「深さ」の点で問題になったが、下句が箴言(しんげん)を思わせこの分野でも満点になった。

［9点］の名歌　　七首

1　君かへす朝の舗石さくさくと雪よ林檎の香のごとく降れ　　北原白秋

さすが白秋というべきだろう。

10　牡丹花(ぼたんくわ)は咲き定まりて静かなり花の占めたる位置のたしかさ　　木下利玄

15　秋分の日の電車にて床にさす光もともに運ばれてゆく　　佐藤佐太郎

日常生活を切りとるだけで名歌にした。

28　向日葵（ひまはり）は金の油を身にあびてゆらりと高し日のちひささよ　前田夕暮

30　一度だけ本当の恋がありまして南天の実が知っております　山崎方代

ポイントを絞ることの大切さを教えてくれた。

42　樹の葉嚙む牝鹿のごとく背を伸ばしあなたの耳にことば吹きたり　早川志織

43　君の眼に見られいるとき私はこまかき水の粒子に還る　安藤美保

［8点］の名歌　十四首

2　冬ごもる病（やまひ）の床（とこ）のガラス戸の曇りぬぐへば足袋（たび）干せる見ゆ　正岡子規

4　金色のちひさき鳥のかたちして銀杏ちるなり夕日の岡に　与謝野晶子

5　のど赤き玄鳥（つばくらめ）ふたつ屋梁（はり）にゐて足乳（たらち）ねの母は死にたまふなり　斎藤茂吉

8　旅人のからだもいつか海となり五月の雨が降るよ港に　若山牧水

以上４首は超有名歌人の歌ばかり。
更に８点が続く。

12　ちる花はかずかぎりなしことごとく光をひきて谷にゆくかも　上田三四二
14　春がすみいよよ濃くなる真昼間のなにも見えねば大和と思へ　前川佐美雄
22　メスのもとひらかれてゆく過去がありわが胎児らは闇に蹴り合ふ　中条ふみ子
31　大空の斬首ののちの静もりか没ちし日輪がのこすむらさき　春日井建

異色作！
結果として高得点だった。

36　君に逢う以前のぼくに遭いたくて海へのバスに揺られていたり　永田和宏
48　折鶴の羽をはさみで切り落とす　私にひそむ雨の領域　笹井宏之

歌の独創性を考えると、もう少し上位になると思ったが……。

47　観覧車回れよ回れ想ひ出は君には一日我には一生　栗木京子

永遠の青春歌。

49 「この味がいいね」と君が言ったから七月六日はサラダ記念日　俵　万智

53 日のくれに帰れる犬の身顫ひて遠き沙漠の砂撒き散らす　大西民子

54 てのひらをくぼめて待てば青空の見えぬ傷より花こぼれ来る　大西民子

二首連続して8点はたいしたものだ。

［7点］の名歌　十九首

3 枕べに友なき時は鉢植えの梅に向かひてひとり伏(ふ)し居(を)り　正岡子規

6 つばくらめ飛ぶかとみれば消えさりて空あをあをとはるかなるかな　窪田空穂

11 死はそこに抗ひがたく立つゆゑに生きてゐる一日一日はいづみ　上田三四二

16 日本脱出したし　皇帝ペンギンも皇帝ペンギン飼育係りも　塚本邦雄

19 はらからの皆死にてなき故郷(ふるさと)に病を持ちて帰り来にけり　田村伸穂

20 熱出でて果物欲しき宵々よ貧しき者は病むべきならず　矢野伊和夫

23　何待つとなき半身を起しをりほたるのひかりと息づきあひて　相良　宏
24　もう戻るすべなく昏く陥ちてゆく乳房うしなふための眠りに　藤　絹子
37　鉄骨の鋲打てるおと頭上より縞なしてわが体を過ぎつ　高野公彦
38　はまゆふの多のしべより渦まきて時あふれをり朝のひかりに　高野公彦

師の歌が二首とも名歌になってよかった。

39　たつぷりと真水を抱きてしづもれる昏き器を近江と言へり　河野裕子
40　手をのべてあなたとあなたに触れたきに息が足りないこの世の息が　河野裕子

二首が続けて7点も特筆に値する。

44　氷河期より四国一花は残るといふほのかなり君がふるさとの白　米川千嘉子
46　風よりも静かに過ぎてゆくものを指さすやうに歳月といふ　稲葉京子
50　サーファーのボトムターンのしなやかに秋の夕陽を追ふ鳥の群　矢沢靖江

教室代表として立派な成績だ。

51　晴れ上がる銀河宇宙のさびしさはたましいを掛けておく釘がない　杉崎恒夫

58　まだ暗き暁まへをあさがほはしづかに紺の泉を展く　　小島ゆかり

60　のみどより「ああ」とこゑ出すよろこびを知らず老いたり水中の鰡　　都築直子

歌は面白かったし、7点はお祝いものだ。

61　みづいろの付箋を貼つてさざなみのやうに明日へわたしを送る　　大松達知

公彦と同様に、名歌となってよかった。

［6点］　十二首

7　ぼんやりとした悲しみが、／夜となれば、／寝台(ねだい)の上(うへ)にそつと来て乗る。　　石川啄木

啄木が6点ではファンに申し訳ない？

9　白玉の歯にしみとほる秋の夜の酒はしづかに飲むべかりけり　　若山牧水

13　終りなき時に入らむに束の間の後前ありや有りてかなしむ　　土屋文明

「深さ」の部門では満点だった。

17　馬を洗はば馬のたましひ冱(さ)ゆるまで人戀(こ)はば人あやむるこころ　塚本邦雄

「分りやすさ」で減点。

18　残生に用なくなれるものを焼く落葉とともにきのふもけふも　木俣　修

21　頑(かたく)なにこばみつづけて或る夜半に我より崩るる予感がかなし　恩田光子

26　ながき夜の　ねむりの後も、なほ夜なる　月おし照れり。河原菅原　釈　迢空

27　高槻のこずえにありて頬白のさへづる春となりにけるかも　島木赤彦

33　泣くおまえ抱(いだ)けば髪に降る雪のこんこんとわが腕(かひな)に眠れ　佐佐木幸綱

41　いちにちを降りゐし雨の夜に入りても止まずやみがたく人思ふなり　藤井常世

52　見るたびに顔の小さくなる叔母が今日もの言はず鳥眸をせり　柏崎驍二

55　朝の床を出でて夕べの床にいる一日に老いはしづかにつもる　北沢郁子

［5点］　四首

25　ぼんぼりのうすらあかりに永かりし禁令のごと解かれゆく帯　江波光一

35　わがおもふをとめこよひは遠くゐて人とあひ寝るさ夜ふけにけり　岡野弘彦

45　さくら花幾春かけて老いゆかん身に水流の音ひびくなり　馬場あき子

56　かき抱くものは花屑ばかりにてみなかたちなきひと世の恋も　大野誠夫

［4点］　四首

29　目瞑りてひたぶるにありきほひつつ憑みし汝(なれ)はすでに人の妻　宮　柊二

32　さくらばな陽に泡立つを目守(まも)りゐる冥き遊星に人と生れて　山中千恵子

57　かぜのなかに手をひらきたりあまりにも無力なるしかし生きてゐる手を　小島ゆかり

59　われらかつて魚なりし頃かたらひし藻の蔭に似るゆふぐれ来たる　水原紫苑

（3点以下はなし）

以上六十一首

おわりに

アマでも短歌を評価できるように短歌スコアは考えられた。これを導入すると、従来と違った視点で歌を捉えることができる（詳しくは結果を参照）。感想を述べてみたい。

筆者が従来のやり方（おそらく感性や経験などで決めていたと思われる）で選んだ「短歌ベスト10」は次の通りだった。

ちなみに「筆者のベスト10」は、全て今回の対象歌に含まれている。

一位　君かへす朝の舗石さくさくと雪よ林檎の香のごとく降れ　◎　北原白秋

二位　金色のちひさき鳥のかたちして銀杏ちるなり夕日の岡に　与謝野晶子

三位　のど赤き玄鳥（つばくらめ）ふたつ屋梁（はり）にゐて足乳（たらち）ねの母は死にたまふなり　斎藤茂吉

四位　牡丹花は咲き定まりて静かなり花の占めたる位置のたしかさ　◎　木下利玄
五位　死はそこに抗ひがたく立つゆゑに生きてゐる一日一日はいづみ　上田三四二
六位　向日葵は金の油を身にあびてゆらりと高し日のちひささよ　◎　前田夕暮
七位　君に逢う以前のぼくに遭いたくて海へのバスに揺られていたり　永田和宏
八位　手をのべてあなたとあなたに触れたきに息が足りないこの世の息が　河野裕子
九位　氷河期より四国一花は残るといふほのかなり君がふるさとの白　米川千嘉子
十位　「この味がいいね」と君が言ったから七月六日はサラダ記念日　俵　万智

短歌スコアで10点の一首と、9点を獲得した七首、計八首を従来の方法で選んだ「短歌ベスト10」と比較した。

驚くべきことに、従来の方法で選んだ「ベスト10」のうち、9点以上を獲得した歌はわずか三首にすぎなかった（◎のついた作品）。同一人物が判定したのに、この結果の違いはなにを意味するのだろうか。

優れた作品に出会うと、私達アマは「これこそ名歌だ」と喜んで記憶する。しかし、それ以上詮索することはまずない。

一方で、短歌スコアは項目毎に採点されるから、歌のもつ長所とともに短所が明らかになる。短所を浮彫りにすることで客観性が得られて、異なる結果になると考えている。

歌の良否を判断するのに、従前の方法を選ぶか、あるいは短歌スコアを通して作品をいま一度眺めてみるのか、それは読者次第だろう。だが短歌スコアを用いると、筆者の場合のように、今まで信じていた「名歌ベスト10」が覆える可能性がある。

慣れないと短歌スコアを用いるのが億劫に思えるかもしれない。しかし、五つの条件さえ覚えれば決して煩わしいことではない。

いわば芸術を数値化する、「短歌スコア」を一度試してみてはいかがだろう。

最後にもう一つ感じたこと。

短歌の世界に長く身をおいていると、「心に残る作品」が当然増えてくる。

筆者のように、自分勝手に「名歌ベスト10」を決めてしまえば良いのだが、「ベスト10」

を決定できず、秀歌あるいは名歌の保存に四苦八苦することもあるに違いない。このような時短歌スコアを使えば評価が点数化され、整理する意味で役に立つだろう。

参考文献

1. 北原白秋（國生雅子・コレクション日本歌人選　017・笠間書院）
2. 斎藤茂吉（小倉真理子・コレクション日本歌人選　018・笠間書院）
3. 塚本邦雄（島内景二・コレクション日本歌人選　019・笠間書院）
4. 正岡子規（矢羽勝幸・コレクション日本歌人選　036・笠間書院）
5. 若山牧水（見尾久美江・コレクション日本歌人選　038・笠間書院）
6. 与謝野晶子（入江春行・コレクション日本歌人選　039・笠間書院）
7. 寺山修司（葉名尻竜一・コレクション日本歌人選　040・笠間書院）
8. 万葉集（角川書店編・角川ソフィア文庫）
9. 一握の砂・悲しき玩具（石川啄木・新潮文庫）
10. 汽水の光（高野公彦・角川書店）
11. わが秀歌鑑賞（高野公彦・角川学芸出版）
12. わが心の歌（高野公彦・柊書房）
13. 昭和万葉集秀歌(2)（岡井隆編・講談社）
14. サラダ記念日（俵万智・河出書房新社）
15. 歌をつくるこころ（岡井隆・ＮＨＫ出版）
16. 日本的感性と短歌（佐佐木幸綱編・岩波書店）
17. 現代短歌の鑑賞101（小高賢編著・新書館）

18. ヘブライ暦（小島ゆかり・短歌新聞社）
19. 短歌の友人（穂村弘・河出書房新社）
20. 教科書でおぼえた名詩（文芸春秋編・文春文庫）
21. 恋うたの現在（馬場あき子、中村稔、日本近代文学館編・角川書店）
22. あなたと読む恋の歌　百首（俵万智・朝日新聞社）
23. 日本のかなしい歌100選（林和清・淡交社）
24. 優雅に楽しむ短歌（沖ななも・日東書院）
25. ひとさらい（笹井宏之・書肆侃侃房）
26. てんとろり（笹井宏之・書肆侃侃房）
27. 現代の短歌（篠弘・東京堂出版）
28. ゆりかごのうた（大松達知・六花書林）
29. 体あたり現代短歌（河野裕子・角川学芸出版）
30. 日本の名歌（『短歌』編集部編・角川学芸出版）
31. 十代に贈りたい心の名短歌100（田中章義・ＰＨＰ研究所）
32. やさしい短歌のつくりかた（横山未来子・日本文芸社）
33. 歌ことば100（今野寿美・本阿弥書店）
34. 短歌用語辞典（司代隆三・飯塚書店）

初句索引

（参考歌含む）

や行

わ行

人名索引

著者略歴

家坂利清（いえさか・としきよ）

著書　歌集『時の色』（2011 年）
『ほむら』（2014 年）
『四季のうた』（2016 年）

所属　「高野公彦短歌教室」

現住所　〒371-0024　群馬県前橋市表町 2-7-8

短歌スコアよ　名歌を選べ

発　行　二〇一九年十一月三十日

著　者　家坂利清
装　丁　直井和夫
発行者　高木祐子
発行所　土曜美術社出版販売
〒162-0813　東京都新宿区東五軒町三―一〇
電　話　〇三―五二二九―〇七三〇
ＦＡＸ　〇三―五二二九―〇七三二
振　替　〇〇一六〇―九―七五六九〇九
印刷・製本　モリモト印刷

ISBN978-4-8120-2528-4　C0095